눈사람 아저씨

레이먼드 브리그스

마루벌

눈사람 아저씨

레이먼드 브리그스

1판 1쇄 펴낸 날 | 1997년 7월 15일
4판 1쇄 펴낸 날 | 2024년 9월 30일

펴낸이 | 장영재 **펴낸곳** | 마루벌 **등록** | 2004년 4월 1일(제2004-000083호)
주소 | 서울시 마포구 성미산로32길 12, 2층 (우 03983) **전화** | 02)3141-4421
팩스 | 0505-333-4428 **홈페이지** | www.marubol.co.kr

KC인증정보 **품명** 아동 도서 **사용연령** 4~9세 **제조년월일** 2024년 9월 30일 **제조국** 대한민국 **연락처**
02)3141-4421 서울시 마포구 성미산로32길 12, 2층 **주의사항** 종이에 베이거나 긁히지 않도록 조심하세요.
책 모서리가 날카로우니 던지거나 떨어뜨리지 마세요.

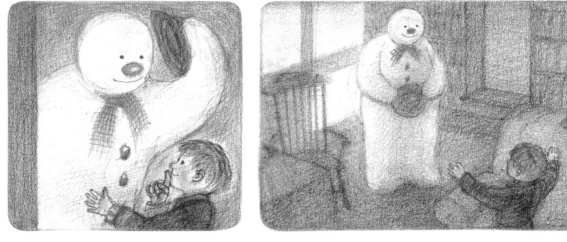

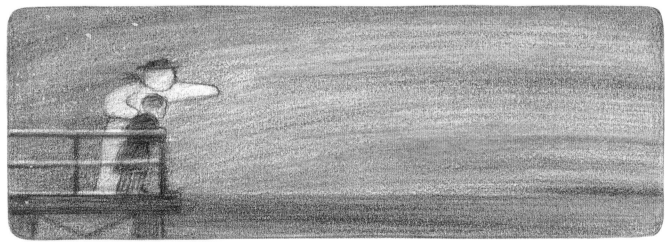

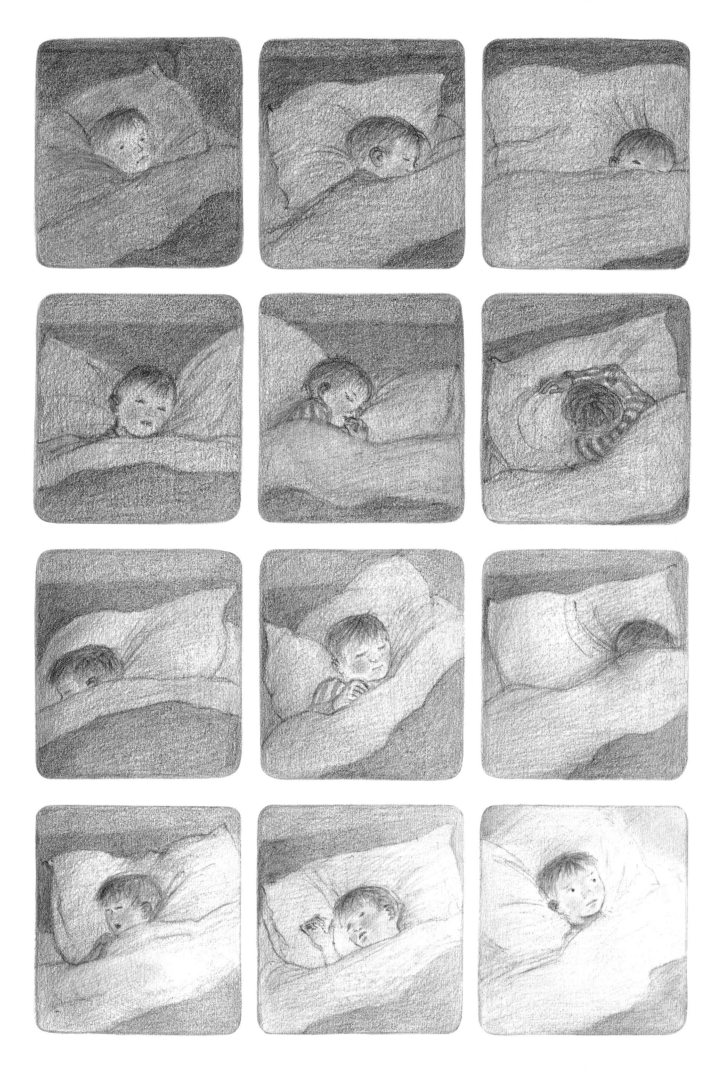